꿀 독에 빠진 여우

꿀 독에 빠진 여우

초판 1쇄 2017년 6월 30일
초판 5쇄 2020년 7월 10일
지은이 안선모 **그린이** 김미은 **펴낸이** 신형건
펴낸곳 (주)푸른책들 • **임프린트** 보물창고 **등록** 제321-2008-00155호
주소 서울특별시 서초구 양재천로7길 16 푸르니빌딩 (우)06754
전화 02-581-0334~5 **팩스** 02-582-0648
이메일 prooni@prooni.com **홈페이지** www.prooni.com
인스타그램 @proonibook **블로그** blog.naver.com/proonibook

ISBN 978-89-6170-616-2 73810

이 도서의 국립중앙도서관 출판시도서목록(CIP)은 서지정보유통지원시스템 홈페이지(http://seoji.nl.go.kr)와
국가자료공동목록시스템(http://www.nl.go.kr/kolisnet)에서 이용하실 수 있습니다.
(CIP제어번호 : CIP2017012166)

보물창고는 (주)푸른책들의 유아·어린이·청소년 도서 전문 임프린트입니다.

꿀독에 빠진 여우

안선모 지음 | 김미은 그림

보물창고

"잉잉잉."

너구리가 울며 지나갑니다.

"왜 그러니?"

곰이 깜짝 놀라 물었습니다.

곰은 산딸기를 따던 중이었습니다.

"여우가, 여우가……. 잉잉잉."

너구리는 서럽게 웁니다.

"자, 뚝! 울면 바보야."

곰은 너구리의 눈물을 닦아 주었습니다.

"여우랑 싸웠니?"

곰이 물었습니다.

"아니……."

너구리는 머리를 설레설레 흔들었습니다.

"그럼 왜 우니?"

"여우랑 재주넘기 내기를 했거든.

내가 졌다고 여우가 집을 빼앗았어."

"저런, 쯧쯧……."

곰은 너구리가 불쌍해서 산딸기를 다 주었습니다.

"자, 이것 먹고 힘을 내."

너구리 집을 빼앗은 여우는 굴속에서
노래를 부릅니다.

너구리네 집은 정말 편안했습니다.

"멍텅구리 너구리, 땀을 뻘뻘 흘리며 굴을 팠지.
나는야, 숲속에서 제일가는 꾀박사 여우님.
꾀만 있으면 뭐든지 척척
안 되는 일이 없단다."

'오늘 저녁은 무얼 먹을까?'

여우는 생각에 잠겼습니다.

'옳지! 좋은 수가 있다.'

여우는 굴 밖으로 나옵니다.

곰이 골짜기에서 가재를 잡고 있었습니다.

꾀 많은 여우가 슬금슬금 다가갑니다.

"곰아, 저 나무에 있는 꿀을 따서

나누어 먹지 않을래?"

곰이 여우의 뒤를 성큼성큼 따라갑니다.

'헤헤, 맛있겠다. 나 혼자 먹어야지.'

여우가 꾀를 냅니다.

"곰아, 네가 나무 위로 올라가 벌집을 따서 던져. 그러면 내가 받을게."

곰이 나무 위로 올라가 벌집을 따서 아래로 던집니다.

여우가 벌집을 받아 들고는 빠르게 도망을 칩니다.

벌들이 여우를 왱왱 쫓아가며 침을 쏘아 댑니다.

따끔따끔 아픈 여우가 엉엉 소리 내어 웁니다.

"아이고, 따가워. 여우 살려!"

여우는 벌집을 내던지고 도망쳤습니다.

"사이좋게 나눠 먹으면 좋았을걸."

곰이 중얼거렸습니다.

화가 난 벌들이 곰의 머리에 침을 쏘았습니다.

"아유, 간지러워."

곰은 제 머리를 벅벅 긁습니다.

숲속 나라 달리기 대회

숲속 동물들이 모두 모였습니다.

한 달에 한 번 열리는 반상회 날입니다.

"친구를 괴롭히지 맙시다."

곰이 말했습니다.

여우는 아무 일도 없었다는 듯 시치미를 뗍니다.

"서로 친해지기 위해 체육 대회를 열겠습니다."

사자 대왕이 말했습니다.

제1회 숲속 나라 달리기 대회가 시작되었습니다.

“자, 달리기 선수들은 앞으로 나오세요.”

심판을 맡은 곰이 말했습니다.

토끼, 노루, 얼룩말이 나옵니다.

“허허허, 모두 다리가 긴 동물이네.”

다른 동물들이 재미있다는 듯 웃습니다.

그때였습니다.

여우가 달려 나옵니다.

“난 다리는 짧아도 빨라. 1등은 나라고.”

"준비, 땅!"

곰이 큰 소리로 외쳤습니다.

네 선수가 힘차게 달립니다.

"토끼야, 깡충깡충 달려라!"

"얼룩말아, 이겨라!"

"노루야, 겅중겅중 뛰어라!"

"여우도 잘해라!"

동물들이 모두 응원을 합니다.

얼룩말이 맨 앞에서 달립니다.

나무 위에서 원숭이가 바나나 껍질을 던집니다.

얼룩말이 미끄러져 엉덩방아를 찧습니다.

"어이쿠, 엉덩이야."

얼룩말이 빨리 일어나지 못합니다.

나무 위에서 원숭이가 소리칩니다.

"여우야, 약속 꼭 지켜야 해."

이번에는 노루가 맨 앞에서 달립니다.

풀숲에서 고슴도치가 툭 튀어나옵니다.

"아야야, 따가워."

노루가 털썩 주저앉습니다.

노루는 얼른 일어나지 못합니다.

고슴도치가 풀숲에 숨으며 말합니다.

"여우야, 약속 꼭 지켜야 해."

2

토끼가 맨 앞에서 달립니다.

덤불 속에서 스컹크가 나타납니다.

스컹크는 방귀 대포를 쏘아 댑니다.

"펑! 펑!"

"아이고, 어지러워. 이게 무슨 냄새야?"

토끼가 픽 쓰러집니다.

스컹크가 여우에게 말합니다.

"약속 잊지 마."

여우가 1등으로 들어왔습니다.

사자 대왕이 여우 머리에 나뭇잎 왕관을 씌워 주었습니다.

여우는 상품으로 커다란 꿀 독을 받았습니다.

“얼룩말이 어떻게 된 거지?”

“토끼와 노루는?”

동물들이 걱정스러운 듯 수군거립니다.

여우는 속으로 킬킬거리며 웃습니다.

‘아이고, 고소하다. 모두 내 꾀에 속아 넘어갔네.’

"여우야, 약속대로 꿀을 반씩 나눠야지."

원숭이가 찾아왔습니다. 고슴도치와 스컹크도 왔습니다.

"난 그런 약속 한 적이 없는걸."

여우는 시치미를 뗍니다.

화가 난 원숭이는 바나나 껍질을 던집니다.

스컹크는 여우를 향해 방귀 대포를 펑펑 쏘아 댑니다.

고슴도치는 가시를 세우고 여우를 노려봅니다.

"큰일 났다. 어디에 숨지?"

여우는 허둥거리다 그만 꿀 독에 빠졌습니다.

"아이고, 여우 살려!"

여우가 울부짖었습니다.

● 작가의 말

어떤 친구가 되고 싶은가요?

이 책에는 여러 동물들이 나와요. 여우에게 집을 빼앗기고 슬퍼하는 너구리에게 곰은 위로를 해 주고 힘들게 딴 산딸기를 다 줍니다. 그 후에도 여우는 계속 동물 친구들을 속이거나 괴롭히면서 이익을 얻습니다. 하지만 그런 여우는 어떻게 되었나요? 달리기 대회에서 1등은 했지만 친구들과 약속을 지키지 않았고, 결국 꿀 독에 풍덩 빠지고 맙니다.

여우의 행동에서 무엇을 느꼈나요? 내 주위에 진정한 친구를 두기 위해서는 여우와 같은 행동을 하면 안 되겠지요! 진정한 친구란 어떤 친구인지 곰곰이 생각해 보아요.

이 책을 읽을 때는 친구들과 역할을 나누어 실감 나게 읽어 보아요. 여우 역할을 맡은 친구는 여우답게, 곰 역할을 맡은 친구는 곰답게. 각 동물들이 어떤 성격인지 잘 생각해 보고 역할 놀이를 한다면 참 재미있을 거예요.

– 안 선 모

지은이 **안선모**

1958년 인천에서 태어나 인천교육대학교와 인하대학교 대학원을 졸업하고, 초등학교에서 아이들을 가르치고 있습니다. 1992년 '아동문예작품상'에 동화가 당선되어 작품 활동을 시작했으며, MBC창작동화대상 · 눈높이아동문학상 · 해강아동문학상 등을 받았습니다. 초등학교 〈국어〉 교과서에 『자전거를 타는 물고기』, 『꿀 독에 빠진 여우』 등의 작품이 실렸습니다. 지은 책으로 『날개 달린 휠체어』, 『우당탕탕 2학년 3반』, 『성을 쌓는 아이』, 『싸움 구경』, 『자전거를 타는 물고기』, 『꿀 독에 빠진 여우』 등이 있습니다.

그린이 **김미은**

명지대학교에서 의류학을 공부했으며, 지금은 어린이책에 그림을 그리고 있습니다. 그린 책으로 『내 사랑 도토리』, 『1학년 명작동화』, 『우리 조상들은 얼마나 책을 좋아했을까?』, 『장영실, 신분을 뛰어넘은 천재 과학자』, 『헬렌 켈러, 사흘만 볼 수 있다면』 등이 있습니다.